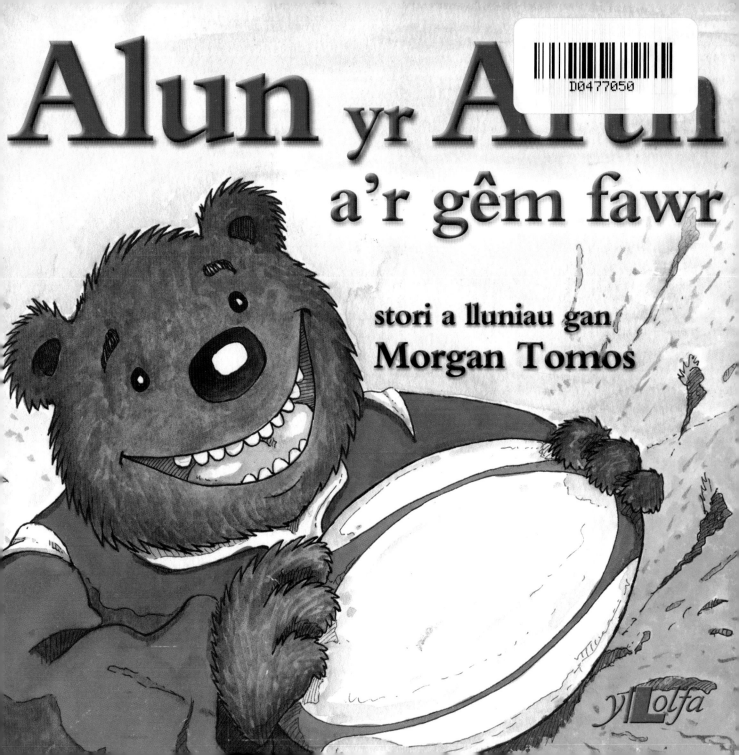

Alun yr Arth
a'r gêm fawr

stori a lluniau gan
Morgan Tomos

y Lolfa

i Robin a Carwyn

DERBYNIWYD/RECEIVED	1 5 JAN 2007
CONWY	✓
GWYNEDD	
MÔN	
COD POST/POST CODE	LL5 1AS

Cyfres Alun yr Arth, rhif 7

Argraffiad cyntaf: 2006

Ⓗ Hawlfraint: Morgan Tomos a'r Lolfa Cyf., 2006

Dymuna'r cyhoeddwyr gydnabod cymorth ariannol Cyngor Llyfrau Cymru

ISBN: 086243 921 3
ISBN-13: 9780862439217

Cyhoeddwyd ac argraffwyd yng Nghymru gan:
Y Lolfa Cyf., Talybont, Ceredigion SY24 5AP
e-bost ylolfa@ylolfa.com
www.ylolfa.com
ffôn +44 (0)1970 832 304
ffacs 832 782

Roedd hi'n ddiwrnod arbennig i Alun yr Arth.
Roedd yn cael mynd gyda Mam a Dad i Stadiwm
y Mileniwm i weld...

... Tîm Cymru'n chwarae rygbi.
Roedd Alun wrth ei fodd.

Daeth tîm Cymru ar y cae
a bu'r dorf yn galw a chanu.

Daeth y tîm arall ar y cae. Tîm y Cŵn.
Rhain oedd y gelyn.

Yna, dechreuodd y gêm.

Roedd Cymru'n chwarae'n dda
ac yn trechu'r Cŵn.

Roedd Alun wedi gwirioni.
Roedd yn ysu eisiau chwarae gyda thîm Cymru.

Rhedodd i lawr at y cae yn llawn cyffro.

7

Mewn eiliad, cipiodd Alun y bêl a rhedeg nerth ei draed i lawr y cae. Heibio hwn, heibio'r llall...

... ochrgamu, ffugio ac yna'r naid hir am y llinell.

Roedd Alun wedi sgorio cais! Am berfformiad gwych!

Safodd Alun yn gwrando ar y dorf yn bloeddio.
Dyna deimlad braf.

Yna clywodd lais Dad: "Alun! Y twpsyn!
Rwyt ti wedi sgorio cais i'r tîm arall!"

"O-o!" meddai Alun. "Dwi wedi rhedeg y ffordd anghywir."

"Rydw i am ganiatáu'r cais." meddai'r dyfarnwr

"A rhoi'r pwyntiau i'r Cŵn."

Hen flaidd cas oedd y dyfarnwr.

Trodd Alun i fynd yn ôl i'w sedd.

Roedd y dorf i gyd yn gwgu'n flin arno.

"Mae'n ddrwg gen i." meddai Alun.

Ond doedd neb yn gwrando.

O'r diwedd cyrhaeddodd Alun ei sedd.
"Mae'r gelynion ar y blaen o dy achos di!"
dwrdiodd Dad.

"Dim ond eisiau helpu roeddwn i!" meddai Alun.
"Hy!" atebodd Dad, ond roedd Mam yn cydymdeimlo.

Roedd Alun yn drist iawn wrth i'r gêm ailddechrau.

Yna, digwyddodd trychineb arall! Roedd un o brif chwaraewyr Cymru wedi cael anaf.

Doedd dim gobaith i Gymru ennill y gêm gydag un chwaraewr yn fyr.

Bu'r tîm yn trafod beth i'w wneud.

"Beth am yr arth fach?" meddai capten Cymru.

"Beth am ofyn iddo ef chwarae?"

Galwodd rhai o dîm Cymru ar Alun i ddod i lawr at y cae: "Tyrd, Alun. Tyrd! I ni gael ennill y gêm!"

Rhuthrodd Alun i lawr at y cae.

Roedd eisiau achub ei gam.

Gafaelodd yn y bêl a rhedeg – y ffordd iawn y tro hwn.

Pasiodd y bêl…

… yna, daliodd y bêl eto a neidiodd...

… rhwng coesau'r amddiffynnwr mawr.

Sgoriodd Alun gais. Y cais buddugol.

Diolch i Alun roedd Cymru wedi ennill y gêm.

Cododd Alun y Tlws. Roedd y dorf yn canu a galw
ei enw. Roedd pawb wrth eu boddau.

"Hwrê!" meddai Alun, "Dyna beth yw Camp Lawn."

Mynnwch lyfrau eraill y gyfres:

 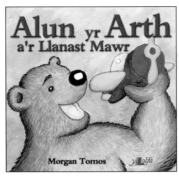 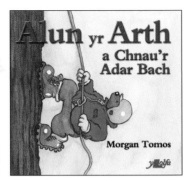

 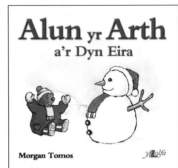 

£2.95 yn unig

Hefyd o'r Lolfa: cyfres wreiddiol a phoblogaidd i blant 5-7 oed:
Llyfrau Llawen

Llyfrau llawn lliw, llawn hwyl, llawn helynt!
£4.95 yr un, clawr caled
£3.95 clawr meddal

Am restr gyflawn o'n llyfrau plant (a llyfrau eraill) mynnwch gopi o'n catalog
– neu hwyliwch i **www.ylolfa.com** a phrynwch eich llyfrau ar-lein!